Eine handvoll Kurzgeschichten

Dirk Mengwaßer

Eine handvoll Kurzgeschichten

Bibliografische Information der Deutschen Nationalbibliothek:
Die Deutsche Nationalbibliothek verzeichnet diese
Publikation in der Deutschen Nationalbibliografie;
detaillierte bibliografische Daten sind im Internet
über http://dnb.dnb.de abrufbar.

Herstellung und Verlag: BoD – Books on Demand,
Norderstedt

ISBN: 978-3-**7347-3080-1**

Inhaltsverzeichnis

Der Fluss

In der Ferne hörte Judith einen Raben krächzen. Er musste irgendwo dort in den Bäumen am Ufer sitzen, dachte sie, während sie schwungvoll das Paddel ins tiefblaue Wasser stieß. Ein Schwarm kleiner Fische stob hastig zu beiden Seiten aus, nur um sich gleich darauf wieder ums Boot herum zu tummeln. Gemächlich fuhr sie in der Mitte des breiten Flusses dahin, frei von all ihren Sorgen, die sie daheim gelassen hatte. Die Sonne lachte ihr entgegen und versprach, dass dies ein schöner Tag werden sollte. Wie lange sie schon unterwegs war, wusste Judith mittlerweile gar nicht mehr, so sehr genoss sie die Ruhe und schwelgte in ihren Erinnerungen.

Bereits als Kind hatte sie es geliebt, gemeinsam mit ihrem Vater stundenlang über Flüsse und Seen zu paddeln. Vor ihrem inneren Auge tauchte sein Bild aus längst vergangenen Tagen auf. Das lockige, schwarze Haar wüst und zerzaust, darunter die tiefen, blauen Augen, die sie sanft und liebevoll anschauten und dazu seine stets zu einem Lächeln geformten Lippen. Selbst auf dem Sterbebett hatte er Judith noch sanft angelächelt. Von plötzlichem Schmerz durchbohrt wischte sie sich die Tränen mit dem Ärmel ihrer Strickjacke aus den Augen. "Dieser verdammte Krebs", schluchzte sie leise vor sich hin und ihr lief ein eisiger Schauer den Rücken herunter, als sie sich an ihren eigenen, bösartigen Tumor erinnerte. Die letzten Monate waren für sie die reinste Qual gewesen. Aber die Schmerzen, die Chemotherapie, die ständige Übelkeit und der sterile Geruch von Krankenhäusern zählten jetzt nicht mehr, nicht bei dem atemberaubenden Anblick, den dieser Fluss ihr bot. Judith atmete dreimal tief durch. Wie friedlich es hier doch war. Sie fühle sich so lebendig und ausgeglichen wie lange nicht mehr.

Vorne an der Flussbiegung konnte Judith eine Gestalt am Ufer sehen. War es ein Reh, das seinen Durst am Strom stillte, oder ein Angler? Sie war noch zu weit entfernt, um es mit Gewissheit sagen zu können. Judith fühlte sich ein wenig erschöpft und unterdrückte ein leichtes Gähnen. Sie legte das Paddel neben sich ins Boot, um sich ein Stück mit dem Strom treiben zu lassen.

Ein leichter Windstoß ließ die Blätter der großen Trauerweiden am Ufer rascheln und fuhr Judith hauchzart durch ihr langes, blondes Haar. Irritiert zwirbelte sie eine Haarsträhne zwischen Daumen und Zeigefinger. Dabei wanderte Ihr Blick erneut zur Flussbiegung. Der Schatten war verschwunden.

Judith schloss die Augen und ließ sich die Sonne ins Gesicht scheinen. Kraftvoll und heiß brannte sie auf Judiths Haut. Die Strahlen durchdrangen ihre geschlossenen Lieder und hinterließen ein wirres, von Rottönen geprägtes, Farbenspiel auf der Netzhaut. Fast unmerklich glitt ihr rechter Arm ins eiskalte Wasser und Judith begann verträumt damit kleine Kreise im Wasser zu ziehen. Das letzte mal, als sie sich so unbeschwert gefühlt hatte, tanzte sie, vom warmen Sommerregen durchnässt, mit Thomas auf einer Bergwiese in den Alpen. Die Kühe auf der Weide schienen sich nicht weiter an diesen beiden Verrückten zu stören, viel zu saftig schmeckte doch das frisch duftende Gras. Wie lange mochte dieser letzte gemeinsame Urlaub nun zurückliegen? Drei Jahre, oder doch schon Vier? Judith konnte es nicht mehr mit Gewissheit sagen, wann sie sich getrennt hatten, aber dieser letzte Augenblick des Glücks hatte sich fest in ihr Gedächtnis gebrannt.

Judith senkte ihren Kopf und öffnete die Augen. Sie bemerkte, dass sie der Flussbiegung schon ein gutes Stück näher gekommen war und nun konnte sie auch die Gestalt von vorhin wieder sehen. Es hatte den Anschein, als sei sie im Begriff erneut im Wald zu verschwinden. Getrieben von ihrer Neugier, ruderte Judith näher ans Ufer. Jetzt konnte sie auch ganz deutlich erkennen, dass es sich um eine menschliche Gestalt handelte, und sie schien sich umzudrehen, um Judith zu winken. Je näher sie dem Schatten kam, desto vertauter kam ihr diese Silhouette vor.

Ob es vielleicht Thomas war? Zumindest war er ein leidenschaftlicher Angler und von der Größe her könnte es auch passen. Aber es wäre schon ein seltsamer Zufall, sich nach all den Jahren, nun hier, mitten in der Wildnis, wieder zusehen. Judith erwiderte zaghaft den Gruß und hielt weiter auf den kleinen Steg zu, der jetzt zwischen dem Rohrschilf deutlich zu erkennen war. Wieder raschelten die Blätter am Ufer und diesmal glaubte Judith die Stimme ihrer Mutter darin zu hören. Sie klang traurig und voller Schmerz. Leise wisperte sie: "Judith, bleib hier!" Es kam Judith so vor, als wäre ihre Mutter ganz in ihrer Nähe und legte ihr die Hand auf die Schulter. Sie konnte den sanften Druck förmlich spüren und glaubte den flüchtigen Duft ihres süßen Parfüms zu riechen. Was sollte sie nun tun? Wäre es klüger, die Gestalt am Ufer nicht weiter zu beachten und die Fahrt fortzusetzen? Aber irgendetwas war an dieser Gestalt so anziehend, dass Judith gar nicht anders konnte, als sich ihr weiter zu nähern. Am Ufer stand ein Mann von stattlicher Statur und irgendwie wirkte er für Judith fremd und vertraut zugleich. Sein Gesicht, unter seinem schwarzen Haarschopf, konnte sie durch den Schatten der nahen Bäume allerdings noch nicht erkennen, als sie endlich ihr kleines Boot am Steg festgemacht hatte.

Unsicher stieg sie aus und ging langsam auf den wartenden Fremden zu, der sich immer noch nicht aus den Schatten herausgewagt hatte. Judith blieb am Ende des Steges stehen und fixierte die Gestalt. "Hallo. Thomas, bist Du das?", sagte sie, erhielt aber keine Antwort. Trotz des sonnigen Tages überkam Judith ein leichtes Frösteln, während sie dem Unbekannten so gegenüber stand. Langsam wurde ihr die Sache mulmig und sie wollte sich gerade umdrehen, um zum Boot zurückzukehren, als sich die Gestalt endlich aus dem Schatten heraus bewegte. Judith erstarrte vor Schreck. Der Fremde trat an sie heran und nahm sie herzlich in die Arme. Liebevoll gab der Mann seiner Tochter einen Kuss auf die Stirn. Wieder hörte Judith den Raben krächzen, diesmal ganz nah.

- Ende -

Der Menschenfresserkaktus

"Schön hast Du es hier", stöhnte Isabelle, während sie gemeinsam mit Maike einen mannshohen Kaktus in einem, für Jochens Geschmack, hässlichen Terrakottatopf in seinen Hausflur hievte. Bernd machte nicht die geringste Anstalt, den beiden zu helfen und stand, mit in die Hüften gestemmten Armen, vor Jochens Bauernhaus und bewunderte die hundert Jahre alte Fassade.

"Danke", erwiderte Jochen, "wartet, ich helfe Euch." Jochen packte unter den Topf und gemeinsam schleppten sie die schwere Topfpflanze ins geräumige Wohnzimmer. Jochen schaute sich das Mitbringsel genauer an und kam zu dem Schluss, dass nicht nur der Topf hässlich war. Der wuchtige, grüne Kaktus hatte zwar die typische Form, wie man sie aus Wildwestfilmen und Comics kannte, mit zwei stacheligen Auswüchsen, die mit etwas Phantasie, als Arme durchgehen konnten, aber der Rumpf wirkte sehr schwulstig und knorrig und es sah fast so aus, als hätte der Kaktus ein grimmig drein schauendes Gesicht.

"Schau doch mal", schwärmte Maike, "er hat sogar ein Gesicht. Dann fühlst Du Dich hier in dem großen Haus nicht so alleine." Unpassend, absolut unpassend, dachte sich Jochen. Maike meinte es vielleicht nicht so plump, aber besser machte es die Sache auch nicht. Was konnte Jochen dafür, dass er mit Mitte vierzig immer noch nicht die passende Partnerin gefunden hatte? Als Antwort verzog er lediglich das Gesicht zu einer Grimasse. "Hoffentlich hast Du Dich da mal nicht übernommen Jochen", sagte Bernd, als er endlich den anderen ins Wohnzimmer gefolgt war. "Sei nicht immer so ein Miesepeter!", herrschte ihn Isabelle an, "freu Dich doch lieber für ihn!" Bernd bewegte wortlos die Lippen und äffte den letzten Satz seiner Freundin nach, was ihm einen durchbohrenden Todesblick einbrachte.

"Lass gut sein, Isabelle", lachte Jochen, "so unrecht hat Bernd nicht. Bei dem Kredit den ich aufgenommen habe, würde es mich nicht wundern, wenn morgen der Bankberater mit gepackten Koffern vor der Tür stehen würde."

"Wie geht es eigentlich mit Deinem neuen Buch voran? Wird das auch wieder so ein Gruselschinken, wie Dein Erstes?", wollte Isabelle von Jochen wissen.

"Vielleicht inspiriert Dich ja der Kaktus. Im Geschäft stand dran, dass er Menschenfresserkaktus heißt", warf Maike ein, bevor Jochen auf Isabelles Frage antworten konnte.

"Oh ja, sehr sogar. Ich denke ich bau den Kaktus in meine Geschichte ein und nenne ihn Maike", feixte Jochen. Isabelle und Bernd fielen in Jochens Lachen ein. Nur Maike blieb ernst und verschränkte die Arme missmutig vor der Brust.

"Ich glaube, das würde dann doch eine Spur zu gruselig. Ich lasse den Maikekaktus besser weg." Jochen grinste beschwichtigend in ihre Richtung. "Kann ich Euch denn schon was zu trinken anbieten?", fragte Jochen in die Runde und erntete dafür stetes Nicken. Er holte eine Flasche Mineralwasser und zwei Flaschen Kölsch und stellte die diese auf dem Couchtisch ab. Er ging zur Vitrine, um Gläser hervorzuholen. "Ich brauche kein Glas", meinte Bernd, "weißt doch, ich bin ein Flaschenkind." Also holte Jochen nur zwei Kristallgläser für die beiden Wassertrinker, goss ihnen etwas ein und öffnete die beiden Bierflaschen mit seinem Feuerzeug. Mit einem einhelligen "Prost" stießen die vier Freunde an.

Ein lautes schrillen erklang. Jochen eilte in den Flur, um die neuen Gäste zu empfangen. Nach und nach füllte sich das Wohnzimmer und mit jedem Gast stieg der Lärmpegel ein wenig an.

Als endlich alle Gäste eingetrudelt waren, verschaffte sich Jochen Gehör, um kurz und knapp das Büffet zu eröffnen. Er wartete kurz und holte sich dann einen Teller mit zwei Schnittchen und einem Würstchen. Er war gerade auf dem Rückweg ins Wohnzimmer, als ihm Benno, der kleine Rauhaardackelmischling von Inge und Klaus, entgegen trottete. Heimlich brach Jochen ein Stück von der Wurst ab und hielt sie ihm vor die Nase. Dieser wedelte vor Freude mit dem Schwanz und ließ sich nicht zweimal bitten, das Leckerchen zu verputzen. "Sollst ja auch nicht leben wie ein Hund", flüsterte Jochen ihm verschwörerisch zu.

Er kam gerade rechtzeitig ins Wohnzimmer, um zu sehen, wie Maike in einer hastigen Bewegung, gegen einen der Stehtische stieß und dabei zwei Gläser umfielen. "Oh nein!", schrie sie auf, "das tut mir leid. Jochen hast Du einen Aufnehmer?" Jochen schüttelte den Kopf: "Nein, so etwas habe ich nicht." Maike schaute ihn erstaunt an, bevor er weiter sprach: "Na klar habe ich einen Aufnehmer. Warte, ich hole ihn." Er stellte seinen Teller auf den niedrigen Beistelltisch, neben seinem neuen Kaktus ab, um ein paar Lappen zu holen. Als er zurück war, beseitigte er zusammen mit Maike die Spuren ihres Missgeschicks und hängte die feuchten Tücher zum trocknen über die Heizung.

Ein scharfes Knurren, gefolgt von einem kurzen Bellen durchdrang das Stimmgewirr und lenkte die Aufmerksamkeit aller auf Benno, der mit fletschenden Zähnen vor dem Kaktus stand. "Was hast Du denn jetzt schon wieder?", blaffte Klaus, als er zu ihm rüber ging. Fast augenblicklich heulte Benno auf und verzog sich winselnd unter die Couch. "Musst Du ihn immer so anschreien?", herrschte Inge ihren Mann an, "jetzt hast Du ihm Angst gemacht." Klaus winkte nur kurz ab und wandte sich wieder Bernd und Isabelle zu.

Aha, dachte sich Jochen, ein Blick auf seinen leeren Teller erklärte ihm, warum Benno sich so schuldbewusst verzogen hatte. Er grinste, als er eines der abgeschleckten Brötchenhälften aus dem Terrakottatopf fischte. Plötzlich durchströmte ein stechender Schmerz die Fingerkuppen seines rechten Mittelfingers. Er schrie kurz auf: "Oh verdammt, jetzt habe ich mich an dem Mistviech gestochen!" Instinktiv steckte er den Finger in den Mund. Dieser Kaktus war nicht nur hässlich, sondern auch noch gemeingefährlich, dachte er sich grummelnd.

Uli wedelte mit einer Flasche Tequila in der einen und zwei Schnapsgläsern in der andern Hand und rief Jochen zu: "Auf den Schreck erst mal was Richtiges!"

16

"Warum nicht? Gieß mal ein. Bekommt sonst noch jemand einen Kurzen?", fragte Jochen in die Runde und zählte dabei nickende Köpfe und erhobene Finger. Er holte noch mehrere kleine Gläser hervor, die Uli gekonnt bis zum Rand füllte.

Oh je, morgen würde ein grauenhafter Tag werden, aber egal, jetzt war jetzt und nicht morgen.

Um drei Uhr in der Früh verabschiedete Jochen den letzten Gast, verschloss die Haustür und schaltete das Licht aus. Schwer angeheitert wankte er die Treppe hinauf ins Schlafzimmer und ließ sich, wie ein nasser Sack, auf sein Bett plumpsen.

Er hatte einen flachen, unruhigen Schlaf. Immer wieder erschien ihm das böse grinsende Gesicht des Kaktusses. Einmal glaubte er sogar Maikes Stimme schmerzvoll aufschreien zu hören. Dann sah er ihren blutverschmierten Körper unter diesem Monster liegen. Dieser grauenhafte Anblick ließ Jochen aus seinem Schlaf aufschrecken. Schweißgebadet lag er da. Langsam schälte sich Jochen aus dem Bett und wankte ins Badezimmer. Er ließ mehrmals seine Handflächen mit kaltem Wasser voll laufen, um sich dann die geballte Ladung ins Gesicht zu befördern. Puh, Uli und sein teuflischer Tequila. Jochens Schädel brummte. Benommen schaute er sich im Spiegel an. Seine dunkel braunen Haare glichen einem Vogelnest. Die halb geöffneten, grünen Augen mit ihren leicht geschwollenen Tränensäcken zeugten von der letzten, anstrengenden Nacht. Er fuhr sich mit der rechten Hand über seine Bartstoppeln, beschloss aber sich erst heute Abend zu rasieren, wenn es ihm etwas besser ging.

Zumindest körperlich besser, denn seelisch durchfuhr er schon seit einer halben Ewigkeit ein Tal der Tränen. Wenn er es auch immer öfter schaffte sich selbst einzureden, dass er die Einsamkeit gar nicht mehr als so schlimm betrachtete, so gab es dann doch die Momente, in denen er sich einfach nur noch vergraben wollte.

Jochen wischte seinen aufkeimenden Kummer fort, machte sich ein wenig frisch und zog sich ein bequemes T-Shirt und eine Jogginghose an. Heute würde er nur auf der Couch rumlungern und sich ausruhen. Arbeiten konnte er auch morgen noch.

Aber die gestrige Idee, den Kaktus in sein Buch aufzunehmen, sollte er ernsthaft in Erwägung ziehen. Sein Alptraum hatte ihm gezeigt, dass dieser Gedanke ein gewisses Potenzial hatte. Er hielt diesen Einfall kurz in seinem Notizbuch fest und ging dann hinunter in die Küche, um den Tag mit einem starken Kaffee zu starten. Er füllte etwas Wasser in den Tank der Maschine, legte einen Kaffeepad ein und drückte den Startknopf. Während die Maschine vor sich hin brummte und rüttelte, fiel Jochens umherschweifender Blick auf den Küchentisch. Dort lag ein Portemonnaie. Wer hatte das denn dort liegen lassen? Er schaute kurz hinein und Maike lächelte ihm, vom Foto ihres Personalausweises, entgegen. Eines Tages würde sie noch mal ihren Kopf verlieren. Jochen ging, noch bevor der Kaffee durchgelaufen war, in den Flur und nahm den Telefonhörer von der Station. So konnte er sich doch auch gleich bei Maike für die Hilfe gestern beim Aufräumen bedanken und sie fragen, warum sie ohne sich zu verabschieden auf einmal weg war. Er drückte die Kurzwahltaste für Maikes Handynummer und wartete. Das Freizeichen tutete ihm aus dem Hörer entgegen und eine Sekunde später erklang eine kitschige Melodie aus dem Wohnzimmer. Ach, ihr Handy hatte sie auch liegen lassen. Jochen ging ins Wohnzimmer und lauschte, woher Maikes Klingelton erklang.

Er schaute auf den Kaktus. Seltsam. Es hörte sich so an, als käme die Melodie aus seinem Inneren. Langsam näherte sich Jochen ihm. Die Melodie startete von vorne. Aus dem Hörer in seiner Hand erklang das monotone Tuten.

Jochen tastete in dem Topf nach dem Handy - vergebens.

Tut. Klimper. Stille. Tut. Klimper... Plötzlich riss der Kaktus die Augen auf. Scharfe Zähne blitzen Jochen aus dem aufgerissenen Maul des Monsters entgegen. Jochen schreckte zurück. So schnell er konnte rannte er die Treppe hinauf ins Schlafzimmer. Mit aller Kraft stemmte er sich gegen die Tür und verriegelte sie.

Was war hier los? Spinnte er? Mit zittrigen Händen wählte Jochen die Nummer des Notrufs. "Polizei", meldete sich eine tiefe, barsche Stimme am anderen Ende der Leitung. "Hallo, hier ist Jochen Bremer. Mein Kaktus hat meine Freundin gefressen. Bitte kommen sie schnell!" Jochens Stimme überschlug sich vor Panik. Nach einem kurzen Moment der Stille antwortete der Beamte: "Sie Spinner, machen Sie die Notrufleitung frei und gehen Sie zum Psychiater!" Knack, aufgelegt.

"Scheiße", fluchte Jochen. Aus dem Erdgeschoss vernahm er ein leises Poltern, gefolgt von schleifenden Geräuschen, fast so als würde sich der Kaktus bewegen. Was, wenn er hier hochkommt? Jochens Panik steigerte sich in Hysterie. Er wählte die Nummer von Bernd und Isabelle. Nichts. Die Leitung war tot. Die Festnetzstation, die unten im Flur stand, musste von der Leitung getrennt worden sein. Hilflos schaute Jochen aus dem Fenster, in seinen einsam daliegenden Garten. Weit und breit kein Nachbarhaus, aus dem er Hilfe erwarten konnte. Er war alleine, ganz alleine und ein wildes Monster drohte ihn zu fressen.

Doch was war das? Ein Funkeln zog seinen Blick magisch an. Ja, das konnte seine Rettung sein. Im Spaltblock, neben dem kleinen Geräteschuppen, der sich am Ende des Gartens befand, steckte noch eine alte Axt. Der Vorbesitzer des Hauses hatte damit sein Feuerholz, aus dem angrenzenden Wald, klein gehackt. Wenn er es bis zur Axt schaffen würde, hätte er eine Chance. Angetrieben von seiner aufkeimenden Hoffnung öffnete Jochen die Balkontüre, trat hinaus und kletterte über das Geländer. Er schaute nach unten. Schätzungsweise zwei bis drei Meter zur Terrasse, das müsste gehen. Beherzt setzte er zum Sprung an und landete mit den Füssen voran auf dem harten Boden. Er konnte förmlich das Brechen seines rechten Fußknöchels hören und der plötzliche Schmerz fuhr ihm durch Mark und Bein. Er schrie laut auf. Doch niemand hörte ihn. Bis auf, ja, bis auf den Kaktus, der scheinbar auf seinen Aufschrei reagiert hatte. Ihn konnte Jochen hinter der Terrassentür ausmachen.

Jochen versuchte sich zusammenzureißen, doch er schaffte es nicht aufzustehen. Also begann er, so schnell er mit seinem gebrochenen Fuß konnte, auf die Axt zu zukriechen. Jede Bewegung und jeder Zug trieb ihm ein glühendes Eisen durch seine Wunde und ließ ihn vor Schmerz fast verrückt werden.

Die Axt. Jochen musste die Axt erreichen. Er hatte gerade erst wieder seine Konzentration auf den Spaltblock gelenkt, als er hinter sich das kreischende Bersten von Glas hörte. Der Kaktus war draußen. Jochen lief die Zeit davon. Das Atmen fiel ihm immer schwerer. Seine Kraft schwand. Und eine Leere breitete sich in ihm aus. Sollte das sein Ende sein? Hier, einsam in diesem abgelegenen Garten? Nur noch zwei Meter trennten ihn von der Axt. Aber er konnte schon ganz deutlich die schleifenden Geräusche des Kaktusses hören. Er wagte es nicht sich umzuschauen. Mit seiner rechten Hand ergriff er die Axt und zog. Doch sie steckte fest. Er zerrte an ihr mit aller Kraft. Nichts. Nicht einen Zentimeter bewegte sie sich. Jochen schrie. Tränen schossen ihm in die Augen. Und dann war der Kaktus da.

Sein letzter, verzweifelter Schrei schreckte einen Schwarm Vögel auf, die in wilder Panik die grauenhafte Szenerie hinter sich ließen.

Dann herrschte eisige stille an diesem kühlen, sonnigen Morgen. Totenstille.

- Ende -

Das kann ich morgen auch noch machen

Paul war ein Träumer. Er hatte viele Wünsche und Sehnsüchte, fand aber nie die Zeit, diese auch in die Tat umzusetzen. Irgendwas kam ihm immer dazwischen. Aber treu dem Motto: "Aufgeschoben ist nicht aufgehoben", würde sich irgendwann die passende Gelegenheit bieten. Und so hörte man ihn oft sagen: "Ach, das kann ich morgen auch noch machen."

In vielen Fällen blieb es dann leider bei den guten Vorsätzen, die jedes Jahr an Sylvester wieder aus der Schublade gekramt wurden. Dieses Jahr würde er gewiss zehn Kilo abnehmen, regelmäßig zum Sport gehen und auch mit dem Rauchen aufhören. Mit seiner Frau wollte er in ferne Länder reisen und sich mehr Zeit für seine Kinder nehmen. Aber im grauen Einheitsbrei des Alltages gingen diese Ziele allesamt unter.

Und so verstrichen die Jahre. Seine Kinder wurden erwachsen und sein volles Haar wurde licht und grau.

Als seine Frau von ihm gegangen war, entschloss er sich dazu, seiner Leidenschaft aus Jugendzeiten nachzugehen und wieder mit dem Schreiben von Gedichten zu beginnen. Ja, das war doch ein neuer Sinn in seinem Leben. Er wollte gleich im nächsten Jahr, wenn er in Rente ging, damit anfangen. Dann würde er die ganzen Wünsche und Träume seines langen, beschaulichen Lebens nachholen.

Friedlich lag er da und ruhte sanft. Sein Sohn Jürgen hielt ein kleines Blatt Papier, auf dem in Vaters Handschrift ein paar unvollendete Verse gekritzelt standen. Ein leises räuspern drang in Jürgens Gedanken ein. "Wissen Sie schon, welches Blumengesteck Sie für den Sarg nehmen?", fragte der Bestatter, der zu ihm herangetreten war.

Jürgen atmete schwer vor Trauer und überlegte kurz. Mit zittriger, leiser Stimme antwortete er: "Ach, wissen Sie, ich kann mich gerade nicht entscheiden. Das kann ich morgen auch noch machen." Er faltete Vaters Gedicht fein säuberlich zusammen und legte es neben ihn in den Sarg.

- Ende -

Dusty Stars

Ein dumpfer Knall riss ihn aus dem Schlaf. Die gesamte Schiffshülle hallte nach, als ob ein Riese mit eiserner Faust dagegen gehämmert hätte. Das Bett vibrierte leicht. Träumte er nur, oder war etwas passiert? John schaute rüber auf Bernadettes Seite. Sie schlief noch tief und fest. So friedlich und sanft ging ihr Atem. Eine braune Haarsträhne fiel ihr in die Stirn, der schmale Mund war zu einem angedeuteten Lächeln verzogen. Scheinbar hatte sie einen süßen Traum, aus dem sie jedoch jäh von dem nun einsetzenden Alarm gerissen wurde. Erschrocken öffneten sich ihre glasgrünen Augen und blickten John irritiert an. "Was ist los?", fragte sie ihren frisch angetrauten Ehemann, mit dem sie an Bord des Luxusliners Dusty Stars eine Kreuzfahrt zu den äußeren Planeten des Sonnensystems machte. Ihre Flitterwochen sollten etwas ganz besonderes werden, daher hatten sie zum ersten mal eine Reise in den Weltraum angetreten.

"Ich weiß es nicht." Irritiert wanderte Johns Blick zum Kabinenfenster, durch das ein bläulicher Schimmer hereinfiel. Er runzelte die Stirn. "Es scheint, als seien wir in einem Kraftfeld gefangen." Noch bevor er den Satz beendet hatte, war er aufgestanden und zum Fenster gegangen.

Bernadette schaute ihm nach. "Sind es Piraten?" Ihre Stimme zitterte leicht vor Angst. John fixierte das Schiff, in dessen Würgegriff der Luxusliner gefangen war. Aber mit bloßem Auge konnte er nicht viele

Details erkennen. Jedoch schien ihm dieses stählerne Monster da draußen zu groß für ein Piratenschiff.

"John? Sind es Piraten?"

John blieb seiner Frau weiterhin eine Antwort schuldig. Er tippte auf der Steuerkonsole unterhalb des Fensters ein paar Befehle ein und schon erschien eine projizierte Vergrößerung des Angreifers auf dem Display. Es war ein schwerer Kreuzer mit den militärischen Insignien des Mars. Unter der Abbildung des zigarrenförmigen, waffenstarrenden Ungetüms flackerten ein paar technische Daten zur Roten Rächer auf, die John aber ignorierte.

"Achtung eine wichtige Durchsage", plärrten die bordinternen Lautsprecher, während zeitgleich der Alarm verstummte, "wir befinden uns im Fangstrahl eines marsianischen Kreuzers und werden jeden Moment geentert. Bitte behalten Sie Ruhe und bleiben Sie in Ihren Kabinen. Ihnen wird nichts geschehen. Der Kapitän der Roten Rächer hat den Zivilpersonen an Bord freies Geleit zugesichert."

John eilte zum Notfallschrank und holte die beiden elastischen Raumanzüge heraus. Einen warf er Bernadette aufs Bett, den anderen begann er sofort selbst anzuziehen. "Zieh den Anzug an! Schnell, wir müssen hier weg!"

"Aber John, Du hast doch gehört, wir sollen die Kabine nicht verlassen, dann geschieht uns nichts."

"Was immer die Streitkräfte des Mars mit dieser Aktion bezwecken wollen, glaube ich kaum, das sie sich dabei Zeugen erlauben können. Die politische Situation ist auch so schon angespannt genug. Wenn wir hier bleiben, sterben wir!"

Bernadettes Kiefer klappte auf. Sie brachte keinen Ton heraus. Wenn John recht hatte, dann bedeutete das...

So schnell sie konnte zog auch sie nun ihren Anzug an. Sie bibberte am ganzen Körper. John kam zu ihr herüber und nahm sie zärtlich in die Arme. "Keine Angst, ich bin bei Dir!" Seine blaugrünen Augen schauten sie liebevoll an. Und er versuchte ihr mit einem aufmunternden Lächeln Mut zu machen. "Ich habe am Design dieses Schiffes mitgearbeitet und ich habe auch schon eine Idee, wie wir hier raus kommen." Sein Gesicht strahle eine Sicherheit aus, die Bernadette augenblicklich beruhigte. Er gab ihr einen sanften Kuss, dann stülpte er sich den Helm über seinen schwarzgelockten Haarschopf.

"Ich liebe Dich", wisperte Bernadette und drückte John noch einmal ganz fest an sich. Danach zog auch sie ihren Raumhelm an. Das kleine Display im rundum transparenten Helm zeigte an, dass der interne Speicher des Anzuges einen Sauerstoffvorrat für eine Stunde hatte.

"John, wir haben nicht viel Sauerstoff." Bernadettes Stimme drang kaum zu Johns Ohren durch. Die Abschirmung der beiden Helme war zu stark. Mit Handzeichen verständigten die beiden sich auf einen Funkkanal.

"Bernadette? Kannst Du mich hören?"

"Ja."

"Gut, stell die Leistung deines Funkgerätes auf die niedrigste Einstellung. Mit etwas Glück werden unsere Signale dann nicht geortet."

Sie nickte zur Bestätigung und gab der, im Helm eingearbeiteten, künstlichen Intelligenz den entsprechenden Befehl. Nachdem die KI ihr die Rückmeldung gegeben hatte, dass die Leistung des Funktransponders gedrosselt wurde, machte sie John noch mal auf ihren geringen Sauerstoffvorrat aufmerksam.

"Ich weiß. Wir müssen runter zum Wartungshangar. Da können wir uns zwei Raumtornister schnappen und das Schiff verlassen."

"Du willst das wir das Schiff in unseren Raumanzügen verlassen? Und dann treiben wir tagelang im Weltraum um zu ersticken? Dann können wir auch gleich hier bleiben."

"Ich habe nicht vor, da draußen vor die Hunde zu gehen. Ein Überlebenstornister hat Nahrungs- und Sauerstoffvorräte für gut zwei Wochen. Sobald die beiden Schiffe außer Reichweite sind, senden wir ein Notsignal. Mit etwas Glück empfängt eines der Minenschiffe im nahen Asteroidengürtel unseren Notruf."

"Mit etwas Glück", wiederholte Bernadette fassungslos und schüttelte langsam den Kopf, "Können wir nicht eine der Rettungskapseln nehmen?"

"Glaub mir Schatz, dass wäre mir auch lieber. Aber mit einer Kapsel könnten wir niemals unbemerkt entkommen. Die Rote Rächer würde uns mühelos in unsere Atome zerlegen. Die Flucht im Anzug ist die einzige Möglichkeit."

John sah Bernadettes verzweifelten Gesichtsausdruck und wünschte sich nichts sehnlicher, als ihr die kommenden Gefahren ersparen zu können. Doch wenn sie leben wollten, mussten sie das unabwägbare Risiko eingehen. John verschwieg seiner Frau, dass sie nicht so nah am Asteroidengürtel waren, wie er ihr Glauben machen wollte. Die Zeit würde sehr knapp werden, vorausgesetzt ihr Signal kam überhaupt durch. John ging noch einmal ans Fenster. Er konnte schon ganz deutlich die Enterfähre der Marsianer sehen, die kurz davor war am Shuttlehangar vier Decks über ihnen anzudocken. Sie mussten sich beeilen, wenn sie es noch schaffen wollten.

"OK, bist Du so weit, Bernadette?"

"Nein. Aber was ändert das schon? Lass uns gehen."

John nickte ihr kurz zu, stapfte zur Tür und öffnete sie. Er blickte sich zu seiner Frau um, die bereits auf dem Weg zu ihm war. Dann trat er hinaus in den Gang, darauf bedacht genug Selbstsicherheit auszustrahlen, um damit seiner verängstigten Frau Hoffnung zu geben. In guten wie in schlechten Zeiten, hatten sie sich letzte Woche geschworen. Doch warum mussten die schlechten Zeiten nur so schnell kommen?

Der lange Gang war hell erleuchtet und menschenleer. Die holzvertäfelten Wände wurden in Regelmäßigen Abständen von den verschlossenen Kabinentüren unterbrochen. Außer John und Bernadette waren, zumindest auf diesem Deck, alle Passagiere der Aufforderung des Kapitäns gefolgt.

Zielstrebig steuerten die beiden den Hyperlift an, der am Ende des Flures lag. Doch kurz bevor sie dort ankamen, wurde das ganze Schiff von einer heftigen Explosionen durchgeschüttelt. John verlor den Halt und fiel hin. Bernadette konnte sich gerade noch der Wand abstützen.

Genau wie John vermutet hatte; Friedlich würde die Übernahme des Schiffes nicht vonstatten gehen. Das helle, angenehme Licht erlosch und machte, nach einer Sekunde völliger Dunkelheit, der rotschimmernden Notbeleuchtung platz. Ein kurzer Alarmton schnitt grell durch den grollenden Nachhall der Explosion, gefolgt von einer automatischen Durchsage: "Achtung! Hüllenschaden! Bitte legen sie sofort ihre Notausrüstung an! Bleiben sie in Ihren Kabinen und behalten Sie Ruhe! Weitere Anweisungen erfolgen in Kürze."

John rappelte sich blitzschnell auf und lief zur Steuerkonsole des Fahrstuhls. "Verdammt!", fluchte er laut, als er die rote Statusmeldung las; Außer Betrieb. Erdmännchengleich schaute sich er sich um, auf der Suche nach dem Treppenhaus. Seine Augen funkelten als er fündig wurde. Halb schleifend zog er Bernadette mit sich und kurze Zeit später befanden sie sich im engen Treppenschacht. Bernadette wurde schwindelig, als sie entlang der Gitterkonstruktion der Stahltreppe in die Tiefe schaute. "Nicht nach unten gucken!", mahnte sie John, "komm, nimm meine Hand!" Bernadette klemmte sich bei John ein und gemeinsam machten sie sich an den Abstieg. Die rote Notbeleuchtung ließ den engen Schacht bedrohlicher und beklemmender wirken, als er es im Normalfall schon war. Es kam John so vor, als würden sie durch den Kamin Satans, hinab in den Vorhof zur Hölle steigen. Die Anzeige im Helm verriet John, das die Atmosphäre um sie herum immer dünner wurde. Wer jetzt noch keinen Anzug trug, würde binnen kurzer Zeit qualvoll ersticken. Als hätte er es beschrieen, entdeckte John schon die ersten leblosen Körper ein Deck tiefer.

Nun begannen auch andere Passagiere in Raumanzügen ihre Flucht durch das Treppenhaus. Allerdings zog es sie nach oben zu den Shuttledecks und damit genau ins Verderben. John und Bernadette kämpften mit aller Kraft gegen die in Panik geratene Meute an, die ihnen entgegen strömte. Als sie fast unten waren, ebbte der Strom ab. John schaute auf die Signaltafel an der Tür; Wartungshangar.

"Wir haben es fast geschafft." John betätigte den Schalter und die schwere Tür glitt federleicht zur Seite. Von der Innenseite lehnte ein lebloser Körper an der Tür und kippte ihnen entgegen. John machte einen Satz zur Seite. Erschrocken schaute er den toten Mann an. Erstickt war er nicht. Stattdessen prangte ein Brandloch mitten auf seiner Brust. Ein Lasereinschuss. Der Tote trug die Uniform des Sicherheitspersonals. In seiner Hand hielt er immer noch eine Laserpistole. Weitere Einschusslöcher an den Wänden zeigten, dass es hier unten scheinbar Kämpfe gegeben hatte. Ein heller Energieblitz sauste nur Zentimeter an Johns Kopf vorbei. Bernadette kreischte laut auf. Am Ende des Wartungshangars stand der Schütze. Ein marsianischer Soldat. Seine blutrote Panzeranzug warf einen bedrohlichen Schatten und sein Helm sah aus, wie eine dämonische Fratze. Der Soldat gab erneut einen Schuss ab, der John nur verfehlte, weil dieser sich diesmal blitzschnell duckte. Geistesgegenwärtig zog John den toten Sicherheitsmann hinaus in den Flur. Dann verschloss er die Türe wieder. Er nahm die Waffe des Toten und gab einen Schuss auf das elektronische Bedienfeld der Tür ab. "Der Kurzschluss wird sie nicht lange aufhalten. Wir müssen uns beeilen!", schrie er zu Bernadette. Seine Frau machte schon kehrt und wollte die Treppe wieder hinauflaufen. John hielt sie fest. "Warte, hier müsste ein Versorgungsschacht sein." Er schaute in die Nische unter der Treppe. Wenn man wusste, dass er da war, konnte man den Zugang zum Schacht mühelos erkennen. John hob die lose aufliegende Bodenplatte an und bedeutete Bernadette hinein zuklettern. Dann stieg auch er hinein und schloss den Deckel. Gerade noch rechtzeitig. Die Tür zum Wartungshangar glitt im selben Moment auf. Zwei marsianische Soldaten stapften heraus. Sie schauten sich kurz um. Einer ging in die Nische unter der Treppe. "Hier ist nichts, sie müssen die Treppe wieder hoch sein." Der andere Mann signalisierte, ihm zu folgen und gemeinsam stiegen sie die Treppe hinauf. John wagte es nicht, etwas zu Bernadette zu sagen. Die Soldaten waren zu nah und könnten den Funkspruch abfangen. Er nahm die Taschenlampe, die am Eingang des Schachtes an der Wand hing und schaltete sie ein. Mit erhobenen Zeigefinger vor seinem Mund deutete er Bernadette ebenfalls Funkstille zu halten. Sie nickte. John leuchtete ihr Versteck aus und überlegte, welcher der drei abzweigenden Schächte sie sicher zum Schleusenbereich führen würde. Er ging im Kopf die Pläne des Schiffes durch. Sein gutes Gedächtnis war ihm auch in dieser Situation ein Freund. Er war sich fast sicher, dass sie den

34

linken Tunnel, oder besser gesagt das linke Tünnel-
chen, nehmen sollten. Auf allen Vieren kriechend,
machten die beiden sich auf den Weg. Der Wartungs-
schacht wurde von unzähligen Leitungen durchzogen
und bot den beiden nur wenig Bewegungsfreiheit.
Bernadette kam es so vor, als würden sie durch die
enge, verstopfte Luftröhre eines kränkelnden Tieres
kriechen, in der Hoffnung den sterbenden Körper
über die Nasenlöcher verlassen zu können.

John hielt plötzlich inne und ließ den Lichtstrahl
seiner Lampe über die Decke tanzen. Er tastete mit
der freien Hand, bis er die Abdeckung des Schachtes
fand. Mit einem kräftigen Hieb stieß er die Luke auf.
Die Abdeckplatte landete unsanft auf dem metalli-
schen Fußboden des Schleusenraumes. Nun war es
gut, dass die Atmosphäre bereits entwichen war. Der
scheppernde Lärm, der sonst entstanden wäre, hätte
garantiert die Marsianer auf sie aufmerksam gemacht. Vorsichtig steckte John den Kopf aus dem
Schacht und spähte in den Raum. Das Glück schien
auf ihrer Seite zu sein. Er war leer und das Schott zu
den inneren Abteilungen des Raumschiffes war geschlossen. John stieg hinaus und reichte Bernadette
eine Hand, um ihr nach oben zu helfen. Mit einem
Kopfnicken wies er auf die Luftschleuse. Ohne sich
weiter umzuschauen gingen sie hinüber und John
öffnete das Schott. Er trat als erster ein und wurde
augenblicklich von der hier herrschenden Schwerelosigkeit empfangen. An den Seiten des Schleusenbe-
reiches hingen die zweihundert Kilo schweren Überlebenstornister. Das Gewicht der Ausrüstung war der
Grund, weshalb sich der Bereich außerhalb der künst-

lichen Gravitation befand. Unsicher schwebte nun auch Bernadette in den Raum. John machte sich daran, zwei Tornister aus den Verankerungen zu lösen. Er half Bernadette in ihren Tornister und schnallte sich anschließend sein Überlebenspaket auf den Rücken. Fast augenblicklich verband sich die Anzugs-KI mit dem Computer im Tornister und meldete die ordnungsgemäße Verbindung. Sauerstoff und Vorräte waren für volle vierzehn Tage vorhanden.

Nun konnte es losgehen. Er schaute Bernadette noch einmal tief in die Augen. Dann verband er ihre beiden Tornister mit Karabinerhaken und Seil, eine altmodische aber doch zuverlässige Methode, die darüber hinaus auch keine verräterischen Energiesignaturen abgeben würde, wie dies mit einer Magnetkopplung der Fall gewesen wäre.

Der ganze Raum wurde mit einem orange auf- und abschwellenden Warnlicht geflutet, als John die Prozedur zum Öffnen der äußeren Schleuse startete. Nachdem das innere Schott verriegelt war, öffnete sich das Außentor fast augenblicklich, da der Raum bereits luftleer war. John klemmte sich hinter Bernadette und gab einen kräftigen Stoß mit seinen Steuerdüsen, die sich ebenfalls am Überlebenstornister befanden. Sanft glitten die beiden hinaus und die endlose Schwärze des Weltalls empfing sie mit ihren eisigen Klauen. John schaute kurz zum Schiff zurück und sah, dass eine weitere Enterfähre ganz in der Nähe ihrer Luftschleuse angedockt hatte. Direkt neben ihr war ein großes Loch in die Hülle gesprengt worden. Er schloss die Augen und betete, dass niemand auf der nahen Fähre auf sie aufmerksam werden würde.

So vergingen mehrere Minuten, bis er es erneut wagte die Augen zu öffnen und zurückzublicken. Sie lebten noch. Ein Zeichen, dass ihre Flucht scheinbar unbemerkt geblieben war. John konnte das marsianische Kriegsschiff auf der andern Seite der Dusty Stars ausmachen. Es hatte bereits seine Triebwerke gezündet und nahm allmählich Fahrt auf. Die Triebwerke der Dusty Stars erwachten nun ebenfalls zum Leben. Die Entermannschaft hatte also bereits die Kontrolle über das Schiff erlangt.

"Sie fliegen Weg. John, sie fliegen weg."

"Ja, ich sehe es."

Damit, dass die Schiffe so schnell abfliegen würden, hatte John nicht gerechnet. Glück musste man haben, dachte er sich, umso früher konnte er den Notruf absetzten. Das würde ihnen kostbare Zeit verschaffen. Ihre Überlebenschancen waren gerade sprunghaft gestiegen, zumindest gefühlt. John drehte sich um Bernadette herum, um ihr ins Gesicht sehen zu können. Sie sah leicht verkrampft aus, schaffte es aber irgendwie ein Lächeln auf ihre Lippen zu bringen, als sie ihm in die Augen schaute.

"Wann können wir den Notruf senden?", wollte sie wissen. "Wenn die Schiffe außer Sicht sind, warten wir noch sechs Stunden, dann versuchen wir unser Glück."

Zäh, wie gerinnendes Harz zog die Zeit dahin. Inmitten der endlosen Schwärze, die mit abertausend funkelnden Pailletten gespickt war, gab es für den menschlichen Geist nicht sonderlich viel zu erforschen. Der kaum erkennbare blaue Punkt, der die Erde markierte befand sich gefühlt Galaxien weit entfernt und die atemberaubende Schönheit, die sich dem Betrachter bot, bekam schon nach wenigen Stunden einen faden Beigeschmack. Sie wirkte nach einem Tag sogar nur noch einschläfernd. Nach drei Tagen hatten sie noch nicht einmal mehr Gesprächsstoff und so dümpelten sie die meiste Zeit nebeneinander her. Johns Sorgen wuchsen mit jeder Stunde, die verstrich. So langsam müsste sich einer der funkelnden Lichter bewegen und zu der Silhouette eines Raumschiffes anwachsen. John ging mit stoischen Blick einen Punkt nach dem anderen ab, die er in Richtung des Asteroidengürtels wähnte. War nur der Wunsch Vater des Gedanken, oder bewegte sich dort wirklich etwas? John fokussierte das kleine pulsierende Glühwürmchen, das scheinbar wuchs. Sein Herz brannte und vor Aufregung begann er unkontrolliert mit Armen und Beinen zu zittern. "Bernadette! Wir sind gerettet! Sie kommen uns holen!"

Stille.

"Bernadette?!"

Seine Frau antwortete nicht. Johns aufkeimende Freude platze wie eine Seifenblase. Wie von Sinnen riss er seine Frau herum. Sie hatte die Augen geschlossen und war kreidebleich im Gesicht. Ihre Augenlieder flatterten leicht. Noch lebte sie, noch. Johns Kehle schnürte sich zu. Nein, sie durfte nicht sterben. Nicht so kurz vor ihrer Rettung. "Fliegt verdammt nochmal schneller!", schrie er in Panik der sich nähernden Fähre zu, die sich bereits deutlich vor dem eintönigen Hintergrund abhob. Johns eigene Sauerstoffreserve reichte nur noch wenige Minuten. Scheiß drauf! Er zog aus der Gürteltasche seines Tornisters einen Syntschlauch heraus. Nicht viel breiter als ein Strohhalm, konnte er sich bei Belastung um ein vielfaches ausdehnen. Er koppelte ein Endstück ans Luftventil seines Anzuges und verband das andere Ende mit Bernadette. Ein leichtes zischen klang in seinen Ohren, als sich der Luftdruck der beiden Anzüge anpasste. Hoffentlich reichte die kleine Sauerstoffspritze für Bernadette. Entweder das, oder sie würden beide ersticken. Aber ohne seine Frau konnte es sich John eh nicht vorstellen zu leben. John schüttelte Bernadette, aber sie reagierte immer noch nicht. Das Shuttle war mittlerweile bei ihnen angekommen und hatte die Luftschleuse bereits geöffnet. Die beiden Astronauten, die an der Schleuse zu sehen waren, zündeten ihre Raketentriebwerke und glitten langsam auf die beiden Havarierten zu. Ein kurzer Griff. Umkehrschub. Und schon befanden sich alle vier wieder auf dem Weg zum Shuttle. Alles wirkte so unwirklich. Der Sauerstoffmangel, der nun auch John mit voller Wucht traf, ließ ihn alles wie im Traum erleben. Es schien fast, als sei er nicht er selbst, sondern nur ein Zuschauer, der sich friedlich zu Hause einen Holofilm anschaute. Er fühlte sich leicht wie eine Feder. Jemand zog seinen Helm vom Kopf und drückte ihm eine Sauerstoffmaske ins Gesicht. John hatte gar nicht registriert, dass sie bereits im sicheren Inneren des Shuttles waren. Sein Blick fiel auf den leblosen Körper, der auf der Pritsche neben ihm lag. Zwei Männer versuchten Bernadette wiederzubeleben. Augenblicklich pulsierte das Adrenalin in Johns

Adern. Er riss sich die Maske aus dem Gesicht und sprang auf. Sein Helfer hatte keine Chance ihn zurückzuhalten. "Bernadette!", schrie John. Tränen der Angst und Verzweiflung flossen ihm die Wangen herab. Die Überwachungsmonitore zeigten keine Lebenszeichen. Mit beiden Händen hielt er ihren Kopf. Ihre Augen, die über der Sauerstoffmaske thronten waren fest verschlossen.

"Es tut mir leid", hörte John eine betroffene, männliche Stimme hinter sich sagen. Doch John reagierte darauf nicht. Er presste seine Frau ganz fest an sich. Der Schmerz war unbeschreiblich bitter und brannte seine Eingeweide aus. "Bernadette!" Seine Stimme wimmerte nur noch. "Bleib bei mir!" Ein leises Piepsen drang in Johns Ohr. Einige Sekunden später noch eins. Und wieder. John schaute Bernadette ins Gesicht. Ihre Augen flackerten leicht, dann öffneten sie sich. "John?", flüsterte Bernadette mit geschwächter Stimme. Unter der Maske zeichnete sich ein sanftes Lächeln ab. Nun brachen bei John alle Dämme. Die Tränen flossen, wie die Fluten der Niagarafälle. Nur diesmal waren es Tränen der Freude und Erleichterung. Wie in guten so in schlechten Zeiten, dachte er sich. Hoffentlich brachen nun die guten Zeiten an.

- Ende -

Lukretia

"Lukretia! Hören Sie überhaupt zu?"

Lukretia, oder Lucy, wie sie ihre Freunde nann-
ten, schreckte von der harten, blechernen Stimme
des holografischen Lehrers auf. Wie so oft hörte sie
im Astrophysikkurs nur mit einem Ohr zu. Es lag nicht
daran, dass sie die Thematik nicht interessieren würde, vielmehr unterforderte sie der für ihren Geschmack viel zu einfach gehaltene Unterrichtsstoff.
Von ihrem Vater, einem führenden Wissenschaftler
im Bereich der molekularen Antriebstechnologie,
hätte sie tausendmal mehr lernen können. Wie gerne
wäre sie auch jetzt wieder in seinem Labor auf der
europäischen Mondbasis. Schon von klein auf hatte
sie es geliebt, zwischen all den aufregenden Maschinen und Versuchsanordnungen herumzuschlendern
und jedes einzelne Stück genauestens mit ihren großen Kinderaugen zu studieren. Etwas anderes kannte
sie auch nicht aus ihrer Kindheit. Ihre Mutter war
bereits bei Lucys Geburt gestorben und ihr Vater
vergrub sich seitdem in seiner Arbeit. Während andere Kinder aus Lucys Internatsklasse in den Ferien mit
ihren Eltern in Urlaub fuhren, holte ihr Vater sie zu
sich auf den Mond und so verbrachte sie dort ihre
freie Zeit mit Maschinen und Robotern. Aus jener Zeit
stammte auch ihr unbändiger Wunsch, die Rätsel des
Weltalls mit ihrem technischen Verstand zu ent-
schlüsseln und so entschloss sie sich nach dem Abschluss ihres Abiturs ein Robotikstudium zu beginnen.
Und nun hockte sie hier im gähnend langweiligen

Astrophysikunterricht, ihrem Zweitfach an der Uni, geleitet vom holografischen Abbild des längst verstorbenen Wissenschaftlers Professor Angus. Sein gesamtes Wissen befand sich in den zentralen Datenbanken der Lunar-Orbit-Universität, kurz LOU, die sich in einer Umlaufbahn um den Erdmond befand.

Lucy löste ihren Blick von der Erde, die gerade hinter dem Mondhorizont aufging, wie ein blauweißer Zwilling der Sonne. Dieser Anblick war hier oben eigentlich nichts besonderes, aber dennoch erfüllte er Lucy jedesmal mit einer intensiven und widersprüchlichen Mixtur von Gefühlen, in denen sich Heim- und Fernweh mit tiefer Traurigkeit und grenzenloser Freude mischten.

Sie drehte ihren Kopf in Professor Angus' Richtung, abseits des großen Panoramafensters und blickte ihn mit ihren tiefblauen Augen an. Sie kämmte sich eine Strähne ihres langen, blonden Haares aus dem Gesicht und legte ihr typisch unschuldiges Lächeln auf. "Aber natürlich höre ich Ihnen zu Herr Professor. So spannend wie sie erklärt niemand die Lage der Langrangepunkte." Lasziv kaute sie an der Spitze ihres Datenstifts und vollzog einen verführerischen Augenaufschlag, als hätte sie von etwas anderem gesprochen, als von den Regionen im Sonne-Erde-System, in denen sich die Gravitationskräfte beider Körper gegenseitig aufhoben.

Das Kichern ihrer Kommilitonen übertönte, das wütende Schnauben des Hologramms. Was sich die Programmierer dabei Gedacht hatten, einer Maschine die Simulation von Gefühlen auf ihren Datenkern zu implementieren, konnte Lucy nicht nachvollziehen.

Aber es machte ihr unheimlichen Spaß diese Maschinen zur Weißglut zu treiben. Und wie realistisch sich diese Wut abzeichnete. Das Gesicht des dreidimensional projizierten Professors lief puterrot an und passte nun perfekt zu dem chaotischen, roten Haarschopf. Die grünen Augen brannten vor Zorn und die zusammen gepressten Lippen bebten fast unmerklich unter dem roten Vollbart. "Dann wird Sie auch sicherlich eine kleine Sonderaufgabe erfreuen", stieß er hervor, "melden Sie sich sofort beim Hüllenreinigungsdienst. Den Rest des Tages haben Sie beim Meteoritenstaubschaben den perfekten Ausblick auf die Erde."

Lucy quittierte die Anweisung mit einem kecken Lächeln, stand auf und ging erhobenen Hauptes an den noch immer kichernden Studenten und dem finster drein schauenden Hologramm vorbei. Mit ihrer Körpergröße von einmeterfünfundsiebzig war sie nur unmerklich kleiner als das lebensechte Abbild von Professor Angus und als sie schon fast an ihm vorbei war, schaute sie noch einmal kurz in seine Richtung. "Liebend gerne, Herr Professor", mit diesen Worten verließ Lucy den Raum.

Die Liftkabine die sie ansteuerte, lag nur wenige Meter entfernt vom Hörsaal. In einem gemütlichen Schritttempo ging sie den sterilen, weißen und grell erleuchteten Flur entlang. Lucy betätigte den Rufknopf des Aufzugs und augenblicklich schoss das Schott zur Seite auf. "Zum Oberdeck", sagte Lucy beim eintreten zu der intelligenten Steuerkonsole, die mit monotoner Computerstimme ihr Ziel bestätigte. Die Aufzugskabine schloss sich, nur um sich eine

Sekunde später und fünf Stockwerke höher, wieder zu öffnen. Von der immensen Geschwindigkeit des Hyperlifts konnte man im trägheitsgedämpften Inneren nichts merken.

Lucy trat hinaus in den Korridor, der genau wie all die anderen Stockwerke, identisch aufgebaut war. Mit schlafwandlerischer Sicherheit bog sie rechts in den Gang ein. Die selbstleuchtenden Beschilderungen, die in die Wände eingelassen waren, brauchte Lucy nicht zur Orientierung. Dafür war sie im letzten Jahr zu oft hier oben gewesen, um ihre Sonderaufgaben zu erledigen. Sie schätzte, dass sie schon fast die Hälfte der Außenhülle im Alleingang gereinigt haben musste. Aber als Strafe sah sie die Aufgabe, die im Normalfall von Reinigungsdrohnen erledigt wurde, nicht. Draußen im Weltall, durch nichts geschützt außer ihrem Raumanzug, den Sternen so nah, fühlte sie sich frei und lebendig.

Mittlerweile war sie am Ende des Ganges angekommen. Das breite Tor stand offen und sie konnte Luke, den alten Mechaniker, der mittlerweile einer ihrer besten Freunde hier an Bord war, an einem der Reinigungssonden arbeiten sehen. Winzige, grell leuchtende Funken prallten von der grausilbrigen Hülle der Drohne ab, als er mit einem Laserbrenner versuchte einen Riss auf ihrem Rücken zu verschweißen. Lucy schirmte ihre Augen provisorisch mit der linken Hand ab. "Luke!", rief sie so laut sie konnte, um das feurige Knistern und Rauschen zu übertönen. Der Funkenregen ebbte ab und Luke drehte sich zu ihr um, ohne dabei seine Schutzbrille abzunehmen. "Was zum Teufel machst Du schon wieder hier?", polterte er los, "Du warst doch erst Anfang der Woche draußen. Wem bist Du jetzt wieder auf den Schlips getreten?" Lucy grinste etwas eingeschüchtert als sie antwortete: "Ach diesmal war's dieses langweilige Hologramm vom alten Professor. Die Themen, die wir bei ihm durchnehmen, sind doch alle Kinderkacke." Luke schüttelte leicht resignierend den Kopf. "Mensch Lucy, es ist nicht jeder so hochbegabt wie du. Was Du hier Kinderkacke nennst ist für viele Deiner Mitstudenten Neuland. Du solltest Dich echt was zurücknehmen und den Unterricht nicht ständig stören." Lucys Blick senkte sich schuldbewusst zu Boden, doch Luke war noch nicht fertig mit seiner Moralpredigt: "Ich kenne Professor Angus noch aus seinen Lebzeiten. Als ich so alt war wie Du, saß ich in seinem Unterricht und Du solltest...", er stockte, "ach verdammt, Du hast recht. Er ist ein Arsch. Aber sei trotzdem nicht so aufmüpfig." Für einen kurzen Moment flackerte ein schelmisches Blitzen in Lukes Augen auf und Lucy konnte sich ein Grinsen nicht verkneifen. "Du und der olle Professor, das hätte ich zu gerne mal miterlebt", sagte sie. "Ja, den alten Angus konnte man echt am besten ärgern. Aber mach nicht den selben Fehler wie ich damals, Mädchen", warnte sie Luke, "ich war auch ein kleiner Rebell. Und was ist aus mir geworden? Ein besserer Hausmeister, der sich darum kümmert, dass der Asteroidenschiss von der Hülle gekratzt wird."

Er schaute sie mit warmherzigen, fast flehenden Augen an. "Komm rein. Du weißt ja wo alles ist", fuhr er fort und ging wieder an seine Arbeit. Lucy machte einen weiten Bogen um den Funkenregen und steuerte zielstrebig den Vorratsraum am gegenüberliegenden Ende der Werkstatt an. Während sie an den Ladestationen der Drohnen, die auf beiden Seiten des Raumes lagen, vorbeiging, sah sie, dass fast alle von ihnen dabei waren ihre anvertrauten Sonden mit Energie aufzuladen. Die einzige nicht besetzte Station gehörte der Drohne, die sich gerade unter Lukes Fittichen befand. Es dürfte also ein einsamer Spaziergang da draußen werden, ganz nach Lucys Geschmack.

Als sie sich der Tür näherte, öffnete sich diese automatisch und Lucy trat in die kleine Kammer ein. Sie schloss die Tür von innen, nahm sich einen der drei Raumanzüge, die auf einer Garderobenstangen hingen und zog sich um. Die dünnen Raumanzugoveralls sahen nicht wirklich stabil aus, aber das Material hatte es buchstäblich in sich. Das feine Nanogewebe bot bei einer maximalen Elastizität mehr Stabilität als eine Legierung aus Titan. Selbst kleinere Mikrometeoriten hatten keine Chance das Gewebe zu durchdringen und verursachten beim Träger des Anzugs meist nur schwere Prellungen und Knochenbrüchen. Direkt über den Raumanzügen hingen die Helme. Lucy nahm sich den erstbesten, zog in sich über den Kopf und überprüfte, ob sich die automatische Verriegelung auch wirklich geschlossen hatte. Als nächstes befestigte sie einen vollen Sauerstofftank, den sie wie einen Schultornister auf dem Rücken trug. Mittlerweile war auch das Helmdisplay zum Leben erwacht und vor Lucys Nase schwebten alle wichtigen Daten, die Lucy bei ihrem Außeneinsatz im Auge behalten sollte. Wäre ja auch irgendwie peinlich, wenn ihr unterwegs die Luft ausginge. Der Helm war rund-

herum transparent und verfügte neben dem sprach-
gesteuerten Display auch über ein Kurzstreckenfunk-
system. Mikrofon und Lautsprecher waren zu klein
für das menschliche Auge und Lucy wusste auch nur
theoretisch wo sie angebracht waren.

Nachdem sie sich noch einmal über den ord-
nungsgemäßen Sitz ihres Anzuges vergewissert hatte,
ging sie zurück zu Luke, um sich bei ihm Kratzlaser
und Sauger zu holen. Zwei Geräte, die aussahen wie
ein überdimensionierter Hausstaubsauger und ein
stählerner Besen, der anstatt Borsten kleine Mün-
dungen für die tausend winzigen Laserstrahlen hatte.

"Pass auf da draußen", sagte er über Funk, da der
Helm absolut Schalldicht war. Lucy nickte und nahm
die beiden unhandlichen Geräte entgegen. Das Gewicht würde sie in der Schwerelosigkeit nicht mehr
stören, aber die wenigen Meter zur Schleusenkam-
mer trieben ihr den Schweiß auf die Stirn.

Langsam schlossen sich die schweren Sicherheits-
türen der Schleuse hinter Lucy und ein orange fla-
ckerndes Warnlicht zeigte an, dass die Luft aus dem
Raum gesogen wurde. Als das Licht erlosch, öffneten
sich die Außentore und gaben einen atemberaubenden Blick auf die Mondoberfläche frei.

Lucy schaute auf die Steuerkonsole, die am linken
Unterarm angebracht war, zündete die kleinen Steuerdüsen am Sauerstofftornister und manövrierte sich
aus der Schleuse hinaus. Als sie das Tor passierte,
bemerkte sie, dass die Erde bereits vollständig über
dem Mond zu sehen war. "Ah, die Erde ist jetzt ganz
aufgegangen und heute ist Vollerde", sagte sie zu sich
selbst. "Diese Feststellung ist nicht ganz korrekt", gab

die weibliche Stimme der Helm-KI zurück, "die Um-laufbahn der LOU hat uns mittlerweile auf die erdzu-gewandte Seite gebracht. Also ist nicht die Erde auf-gegangen, wie sie sagten, sondern wir befinden uns nur auf der anderen Seite des Mondes. Außerdem ist es sehr ungenau von heute zu sprechen, da ein Mondtag über vier Erdenwochen dauert, ein Tag auf der LOU hingegen nur wenige Stunden."

Lucy verdrehte die Augen. "Danke Du Klugschei-ßer, das weiß ich selber", schnauzte sie die KI an. "Gern geschehen", kam die prompte Antwort, "aber ich sehe keinen Grund, dass Sie mich gleich beleidi-gen." Das konnte Lucy jetzt gebrauchen, noch so ein emotionales Sensibelchen.

"Jetzt sei mal nicht gleich eingeschnappt. Gib mir lieber die Anflugskoordinaten für unseren heutigen Einsatz auf den Schirm!", befahl Lucy. Eine kleine Karte erschien am Rand des rechten Sichtfeldes und zeigte die Station auf deren Oberseite ein kleiner, roter Punkt erschien. "Unser heutiges Einsatzgebiet liegt auf der Oberseite der Station, gleich neben der Observatoriumskuppel. Der gesamte Bereich liegt zur Zeit in der Sonne. Ich werde die automatische Küh-lung Ihres Anzuges etwas verstärken", sagte die KI. Lucy schaute sich die Entfernung an. Gemessen an der Gesamtgröße der Station, waren die zwei Kilome-ter ein Klacks und sie musste fast nur geradeaus flie-gen. Lucy kam sich immer wie ein winziger Floh vor, wenn sie an der Außenhülle der fünfundzwanzig Ki-lometer großen LOU entlang glitt. Das Sonnenlicht ließ die glatte, mausgraue Haut aufleuchten und die vielen Fenster, welche die quadratische Konstruktion säumten, funkelten wie Diamanten. Auf dem Weg zur Kuppel konnte Lucy die Andockbuchten der Shuttles zu ihrer Linken ausmachen. Im Moment herrschte nur wenig Flugverkehr auf dem orbitalen Raumhafen, der auch als Umsteigemöglichkeit für Privatflüge von der Erde zum Mars genutzt wurde.

Die Kuppel vor Lucy wurde immer größer. Bei ihrem Anflug achtete sie darauf möglichst nah an der Station zu bleiben, um innerhalb der magnetischen Abschirmung zu bleiben, die sie vor der kosmischen Strahlung schütze. Als sie endlich angekommen war, gab sie der KI das Kommando, die Verschmutzungen im Helmdisplay sichtbar zu machen, da sie mit bloßen Auge nicht zu erkennen waren. "In welcher Farbe möchten sie die Verschmutzung sehen?", fragte die KI.

"Um Gottes Willen, ist mir doch egal. Mach sie halt rosa!"

"Nun, wenn es Gottes Wille ist, sollen sie im schönsten rosa erstrahlen", gab die KI spöttisch zurück und schlagartig war der Bereich um die Kuppel herum mit schweinchenrosa Flecken gesprenkelt.

Ohne weiter drauf einzugehen, machte sich Lucy daran die rosa Flecken mit dem Laser zu lösen. Den Sauger hatte sie auf Automatik gestellt und wie ein treuer Hund trottete er ihr hinterher, um die gelösten Staubpartikel aufzusaugen.

Immer wieder schaute Lucy in die tiefen Weiten des Alls. Sie fixierte einen kleinen blauen Punkt in der Ferne. Der Mars, dachte sie sich und ein leichter Anflug von Ärger kochte in ihr hoch. Seit Wochen versuchte sie schon einen praktischen Studienplatz bei einem der privaten Wirtschaftskonzernen dort zu ergattern. Doch diese Plätze waren sehr begehrt und rar. Bisher hatte es für Lucy, trotz ihrer überragenden Zeugnisse, nur Absagen gehagelt. Dank ihrer Aufmüpfigkeit konnte sie auch von keinem ihrer Professoren ein Empfehlungsschreiben erwarten. Vielleicht hatte Luke ja recht und sie sollte versuchen sich ein wenig zusammen zureißen. Sehnsucht packte sie. Einmal mit eigenen Augen die Oberfläche des ehemals roten Planeten sehen. Die gigantischen Städte besuchen, die dort seit der ersten Besiedlung entstanden waren und sich in eine üppige, grüne Landschaft einschmiegten, so wie es vor über zweihundert Jahren auch auf der Erde der Fall gewesen war. Die riesigen Kuppeldächer die einst gebraucht wurden, um die Bewohner mit Atemluft zu versorgen, wurden seit dem Abschluss des Terraformingprojektes im vorletzten Jahr schrittweise zurückgebaut. Lucy stieß einen leisen Seufzer aus. Wann würde sie endlich einmal echte Marsluft riechen?

Ein heftiges Vibrieren des Kratzlasers riss sie aus ihren Gedanken. In fetten, roten Buchstaben informierte ihr Display sie über eine Fehlfunktion des Gerätes. Die KI meldete sich ebenfalls zu Wort: "Es liegt eine Störung vor. Bitte veranlassen Sie die Deaktivierung des Lasers." Lucy fluchte leise und schaltete den Laser ab. "KI, führ eine Diagnose des Lasersystems durch!", befahl Lucy. "Es tut mir leid, aber die digitale Verbindung zum Laser ist unterbrochen. Ich kann Ihnen keine Informationen zum Störungsgrund geben", entschuldigte sich die KI. "Du bist mir eine tolle Hilfe", schnappte Lucy und drehte den Laser in ihre

Richtung. Das dürfte doch nicht so schwer sein die Maschine wieder in Gang zu bringen. Immerhin war Lucy im Umgang mit Robotern eine Spezialistin. Sie öffnete die Montageklappe am Laserkopf und sah mit einem Blick, dass sich eine Kybernetverdrahtung gelöst hatte. Aus dem Seitenfach ihres Tornisters holte Lucy eine kleine Magnetzange heraus und versuchte die winzig kleine Verbindung wieder herzustellen. Als sie nach einiger Fummelei die Drahtspitze wieder am richtigen Platz wähnte, betätigte sie einen kleinen Knopf am Griff ihrer Zange. Die Spitze glühte kurz auf und schweißte den Draht fest. Zu spät bemerkte Lucy ihren Fehler.

Schlagartig erwachte der Laser zum Leben und spie seine tödlichen Strahlen in ihre Richtung. Die seitlichen Anschubdüsen ihres Tornisters wurden regelrecht weggeschmolzen. Ein ohrenbetäubender Alarm schrillte auf. Rote Warnmeldungen füllten Ihr Display aus. Lucy spürte, wie sie die Wucht des Lasers von der sicheren Hülle der Station forttrieb. Sie hatte Angst. "Statusmeldung!", schrie sie. Die KI antwortete umgehend: "Die Überlebenssysteme des Anzugs sind unbeschädigt. Wir sind aber manövrierunfähig und treiben auf den Mond zu. Geschätzte Zeit zum Aufprall, dreißig Minuten."

"Stell eine Funkverbindung zu Luke her!", kreischte Lucy. Ein kurzes Knacksen war zu hören, bevor sich der Mechaniker meldete: "Lucy, was gibt's?"

"Luke, ich hatte einen Unfall!"

"Was ist passiert? Bist Du verletzt?"

"Nein, mir geht's gut. Noch zumindest. Ich treibe von der Station weg, Richtung Mond."

"Übermittel mir Deine genaue Position, ich komme raus!"

Lucy wollte die Anweisung gerade an die KI wei-
terleiten, als diese bereits meldete, dass sie die nöti-
gen Daten an Luke weitergeleitet hatte. Sie war also
doch für was zu gebrauchen, dachte sich Lucy. Luke
meldete sich wieder. Ein leichter Schimmer von Hoffnung schwang in seiner besorgten Stimme mit: "Wir
haben eine Chance. Du wirst an der Luftschleuse am
Rettungsdeck vorbeitreiben. Dort versuche ich Dich
abzufangen. Wird knapp, aber wir schaffen das
schon. Bleib ruhig. Ich melde mich wieder, wenn ich
dort bin." Er hatte gut reden. Ruhig bleiben. Wie sollte Lucy jetzt ruhig bleiben. Sie trieb schon auf das
Ende der Station zu. Wenn Luke nicht bald auftauchte
wäre es zu spät und der kleine Floh Lucy würde dem
Mann im Mond mitten ins Gesicht knallen. Lucy beo-
bachtete die Luftschleuse, die noch immer keine An-
stalten machte sich zu öffnen. Schweißtropfen ran-
nen ihr das Gesicht herab. Die Angst schnürte ihr die
Kehle zu. Die ganze dunkle Herrlichkeit, die sie sonst
so liebte, verwandelte sich in ein kaltherziges,
schwarzes Monster mit einem hell erleuchteten
Schlund, der immer größer wurde, je näher sie der
Mondoberfläche kam. Endlich glitt das Schott der
Schleuse auf und Lucy konnte Luke in seinem Raumanzug sehen. Er hielt einen magnetischen Fänger in
den Händen, mit dem er versuchte Lucy anzuvisieren.
Sie spürte eine leichte Vibration, als sie der magneti-
sche Strahl traf, aber ihre Flugbahn änderte sich
nicht. "Verdammt!", fluchte Luke laut auf, "Du bist zu
schnell. Ich bekomme Dich nicht gepackt!"

Lucy schossen die Tränen in die Augen. Sie fühlte sich leer und verloren. Das war's dann wohl.

"Hör mir jetzt gut zu. Lucy? Hörst Du mich?"

"Ja", antwortete sie mit gebrochener Stimme.

"Du hast noch eine Chance", fuhr Luke fort, "Du wirst vermutlich irgendwo im Mare Nectaris runtergehen. Wenn Du es schaffst, dass Du nicht mehr trudelst, könntest Du eine unsanfte Bruchlandung hinlegen."

"Mare Nectaris?", fragte Lucy unsicher nach, "na ganz große Klasse. Sollte ich die Bruchlandung überleben, werden mich die Chinesen als Spionin erschießen." Lucy schaute zu der kleinen Mondebene hinüber, die sie bereits ausmachen konnte. Am westlichen Rand des Mondmeeres erstreckten sich die Montes Pyrenaeus, ein Gebirgszug, der nach den Pyrenäen an der französisch-spanischen Grenze benannt war. Im Norden schloss sich das weit größere Mare Tranquillitatis an. Dort war Lucy schon einmal gewesen, um den Landepunkt von Apollo 11 zu besichtigen. Sie hatte aber nichts spannendes daran finden können. Bis auf ein paar Fußabdrücke im Regulit und eine amerikanische Fahne gab es dort nicht viel zu bestaunen.

"Quatsch nicht Lucy. Dich wird schon keiner erschießen. Und wenn wir nicht langsam Deine Flugbahn stabilisieren, braucht das auch niemand mehr." Ein leichtes Rauschen mischte sich in Lukes Stimme.

Schon bald würde Lucys Funksignal zu schwach sein, um ihn zu erreichen. "Wie soll ich denn meine Flugbahn stabilisieren? Der Laser hat mir die Steuerdüsen weggebrannt!", rief sie verzweifelt.

"Du musst einen Teil Deines Sauerstoffs ausstoßen. Ein kleiner Stoß wird ausreichen. Ich übermittel Dir die genauen Parameter. Du musst das Manöver exakt durchführen", wies Luke sie an. In Lucys Herz flammte neue Hoffnung auf. "KI, bitte veranlasse, dass der Sauerstoffschub zum richtigen Zeitpunkt erfolgt", bat sie. "Es tut mir sehr leid", antwortete die KI, "den gewünschten Befehl kann ich nicht durchführen."

"Was?!", schrie Lucy entsetzt auf.

"Ihr Befehl verstößt gegen meine Programmierung. Ich kann Ihnen keine Atemluft entziehen, dass würde Ihr Leben gefährden."

"Was bringt mir der Sauerstoffvorrat, wenn ich am Boden zerschmettere?"

"Gegen Direktive eins kann ich nicht verstoßen. Es tut mir aufrichtig leid, das können Sie mir glauben."

"Danke, das ist ein schöner Text für meinen Grabstein."

Lucy konnte es nicht fassen. Was sollte sie nun tun? "Luke, kannst Du mich noch empfangen?", sprach sie ins Komm, erhielt aber keine Antwort mehr. Jetzt war sie auf sich allein gestellt.

"Ich kann Ihnen aber einen Vorschlag zur Güte machen", meldete sich die KI wieder zu Wort, "Ich lege Ihnen einen Countdown auf das Display. Den Sauerstoff müssen Sie dann aber selbst ablassen."

Lucy atmete leicht auf. Das war doch ein Anfang. "Ja, danke, tu das!", wies sie die KI an.

Augenblicklich erschien eine fette neunzig auf ihrem Schirm und der Countdown startete. Lucy tastete nach dem Ablassventil, am Sauerstofftornister. Ein kurzer Stoß, mahnte sie sich selbst an, nicht mehr, sonst ginge ihr wirklich die Atemluft aus. Gnadenlos zählte das Display runter. Fünfundfünfzig, vierund-fünfzig. Lucy sah im inneren Auge ihren Vater, den sie vielleicht nie wieder sehen und ihre Mutter, die sie möglicherweise bald kennen lernen würde. Vierzig, neununddreißig. Sie schwor sich, wenn sie das hier überlebte, nie wieder Professor Angus' Unterricht zu stören. Zweiundzwanzig, einundzwanzig, zwanzig. Lucy lief ein eisiges Frösteln den Rücken herab. Nun würde sich alles entscheiden. Mit zittrigen fingern umschloss sie das Ventil fester. Vier, drei, zwei. Sie hielt dem Atem an. Eins, null. Lucy drehte das Ventil auf und ein fauchendes Zischen klang in ihren Ohren. Sofort setzte ein schriller Alarmton ein. In roten Buchstaben blinke das Wort Sauerstoffverlust auf. Lucy war für einen kurzen Moment weggetreten. Die KI holte sie jedoch schnell wieder in die Realität zu-rück. "Schließen sie sofort das Ventil wieder!", über-tönte diese den Alarm. Lucy schüttelte sich, als wäre sie aus einem Traum erwacht. Wie in Trance schloss sie das Ventil. Sie zitterte am ganzen Leib. "Hat unser Manöver funktioniert?", fragte sie ängstlich die KI.

"Positiv. Unsere Flugbahn bringt uns nun in ei-nem flachen Winkel rein. Die Chancen den Aufprall zu überleben sind damit auf fünfundvierzig Prozent ge-stiegen."

"Fünfundvierzig Prozent nur?"

Ein Klos, so dick wie der Mount Everest steckte ihr im Hals. Das Mare Nectaris erstreckte sich bereits in vollem Umfang unter Lucy. Sie konnte schon die

Helium-3-Fördertürme der chinesischen Liga erkennen. Hoffentlich prallte sie nicht gegen einen von ihnen. Das wäre ihr sicheres Ende. Die Höhenangabe im Display schmolz gnadenlos dahin. Nur noch hundert Meter trennten Lucy von der staubigen Oberfläche des Mondes. Die Fabrik- und Förderanlagen sausten in atemberaubender Geschwindigkeit an ihr vorbei. So schien es ihr zumindest. In Wirklichkeit war es Lucy, die wie ein Geschoss in Richtung Boden stürzte. Sie sah nur noch Gebäudeschluchten und den staubigen Boden, der immer näher kam. Hinten am Horizont lächelte ihr sanft die blau schimmernde Erde entgegen. Es schien, als wolle sie Lucy in ihrer schweren Stunde Trost schenken. Als Lucy die erste Spitze eines Förderturms nur knapp verfehlte, ging alles ganz schnell. Lucy schloss die Augen. Sie spannte ihren Körper an. Hoffentlich hielt der Anzug der Belastung stand. Sie wagte es nicht mehr zu atmen. Dann berührte sie den Boden. Sie wurde unbarmherzig herumgeschleudert und kullerte wie ein Felsbrocken über die staubige Ebene. Die Schmerzen waren unerträglich. Lucy spürte jeden Knochen einzeln brechen. Tiefrote Statusmeldungen blitzen im Display auf. Und dann wurde es dunkel.

Lucys Geist befand sich in einem Dämmerzustand. Sie wusste nicht, ob sie schon Tod war oder noch lebte. Alles fühlte sich seltsam an. Leicht, fast schwerelos. Sie konnte die Augen nicht öffnen, glaubte aber Personen in ihrer Nähe zu spüren. Fremdartige Worte drangen in ihr Ohr und sie verlor wieder vollends das Bewusstsein.

Auf einmal blendete sie ein grelles Licht und ein leichter Nebelschleier setzte sich vor ihre Augen. Ein beruhigendes Gefühl überkam sie dabei. Sie spürte nichts außer Frieden und Ruhe. Lucy senkte ihren Blick. Sie stand am Fußende eines Operationstisches. Fünf Ärzte kämpften dort um das Leben einer jungen Frau. Wie durch Milchglas schaute Lucy auf die Szene herab. Neugier packte sie. Sie ging um die Ärzte herum, um das Gesicht der Unbekannten zu sehen. Lucy erschrak. Unter der Sauerstoffmaske konnte sie sich selbst erkennen. Sie schloss die Augen. Trauer füllte ihren Magen.

"Nein! Ich will nicht sterben!", schrie sie. Doch niemand hörte sie.

Das nächste, an das sich Lucy erinnern konnte, war ein Gesicht. Das alte, warme und freundliche Gesicht eines Asiaten. Seine Haare waren bereits weiß und er trug einen kleinen Ziegenbart. Die braunen Augen, in die sie blickte, schienen voller Güte zu sein. Lucy versuchte etwas zu sagen, aber sie brachte keinen Ton heraus. Immer noch fühlte sie sich leicht wie eine Feder, doch sie war nicht imstande auch nur den kleinen Finger zu bewegen. Der alte Chinese verschwand aus ihrem Sichtfeld und kurz darauf wurde es wieder dunkel.

Diesmal fiel Lucy in einen unruhigen Schlaf. Wirre Gedanken kreisten in ihrem Kopf und sie malte sich die wildesten Dämonen aus, die sie nun in der Hölle empfangen würden.

Am ganzen Körper zitternd, wachte Lucy auf.

"Lukretia, mein Täubchen! Gott sei Dank, Du lebst!"

Lucy war noch ganz benebelt. Aber diese Stimme. Sie kannte sie nur zu gut. Aber im ersten Moment konnte sie diese weiche, fast singende Stimme nicht zuordnen. Lucy schaffte es die Augen zu öffnen und dann erkannte sie den Mann an ihrem Krankenbett. "Papa", krächzte sie mit heiserer Stimmte und ihre Augen begannen sich mit Tränen zu füllen.

Lucy wollte so viel sagen, bekam aber keinen Ton heraus. Zu schwach und mitgenommen war ihr Körper. Heftige Schmerzen, wie tausend Nadelstiche malträtierten sie. Jede noch so kleine Bewegung war eine Qual.

"Bleib ruhig liegen", mahnte sie ihr Vater, "Du hast unzählige Knochenbrüche bei Deinem Absturz erlitten. Und die inneren Blutungen konnten die Ärzte nur mit Mühe stoppen. Es sah lange Zeit nicht gut aus." Für einen kurzen Moment versagte seine Stimme und Lucy bemerkte wie er anfing zu weinen. Anton Strasser suchte nach einem Taschentuch und vergrub darin sein Gesicht. So hatte Lucy ihren Vater noch nie gesehen. Er war sonst immer so beherrscht, ja geradezu gefühlskalt. Er schnäuzte in sein Tuch und versuchte sich wieder zu fangen und seine gewohnte Souveränität auszustrahlen, was ihm allerdings nur mäßig gelang. Seine tränengeröteten, blaugrünen Augen schauten Lucy erleichtert an. Seine getönte Brille hatte er kurz abgenommen, um sie mit einem frischen Tuch zu reinigen. Sein Gesicht erhellte sich langsam und durch seinen schwarzsilbermelierten Vollbart drang schon wieder ein zaghaftes Lächeln.

Auf seiner Glatze spiegelten sich die Deckenleuchten und die hohe Stirn lag in Falten. Er wirkte, als würde er über etwas wichtiges nachdenken.

"Du solltest unbedingt noch etwas schlafen", sagte er, "die Nahtstellen Deiner gelaserten Knochen werden noch einige Zeit brauchen, um zu verheilen. Ich komme morgen wieder."

Er beugte sich über Lucy und gab ihr einen Kuss auf die Stirn. Den Impuls, ihren bandagierten Kopf zu tätscheln, konnte er unterdrücken. Dann verließ er, ohne sich noch mal umzudrehen, das Zimmer. Lucy konnte ihn im Flur noch kurz aufschluchzen hören und dann war sie mit ihren Gedanken alleine.

Sie versuchte sich trotz ihrer Schmerzen umzuschauen. Sie lag in einem Einzelzimmer. Die Wände waren in einem zarten Beigeton gehalten. An der gegenüberliegenden Wand war ein Holofeld angebracht, welches fast den gesamten Raum abmaß und eine beruhigende Blumenwiese im Frühsommer zeigte. Durch die dreidimensionale Projektion wirkte es fast, als sei Lucy wirklich dort. Sie glaubte den Wind spüren zu können, der die Grashalme wiegte. Das große Fenster an der rechten Wand hingegen war abgedunkelt und karg.

"Gibt es hier eine KI?", fragte Lucy in den leeren Raum. Sie wartete vergebens auf eine Antwort. Rechts von ihr, am Kopfende ihres Bettes, war eine kleine Steuerkonsole angebracht. Mit einer unbeholfenen Bewegung und zusammen gepressten Zähnen schaffte sie es die Steuereinheit zu greifen. "Oh", entwich es ihr. Sie ließ die kleine Steuerung auf ihr Bett fallen. Mit den chinesischen Schriftzeichen auf dem Display konnte sie nicht viel anfangen.

Die Zimmertür öffnete sich und ein älterer Chinese trat ein. Lucy schaute ihn an und erkannte ihn sofort. Es war der Mann aus ihrem Traum. Oder war es kein Traum gewesen? Lucy wurde nervös. Vielleicht träumte sie ja immer noch. Oder noch schlimmer; Sie könnte tot sein.

Der alte Mann schien ihre Sorgen zu erkenne. "Keine Angst", sprach er in beruhigendem Tonfall, "Sie sind hier in Sicherheit. Sobald sie wieder trans- portfähig sind, werden sie auf die europäische Mondbasis verlegt." Sein englisch war flüssig und akzentfrei. "Mein Name ist Doktor Ma Feng", sprach er weiter, "Sie hatten Glück im Unglück. Ihre Kno- chenbrüche konnten wir alle beheben und die Blu- tungen stoppen. Ihre Lunge war ebenfalls kollabiert. Deshalb dürften Sie noch ein unangenehmes Druck- gefühl auf der Brust haben."

"Nicht nur da habe ich unangenehme Gefühle", antwortete Lucy, "mein ganzer Körper besteht aus Schmerzen."

"Das geht vorbei", beschwichtigte Doktor Ma sie. Er griff in die Seitentasche seines weißen Kittels und holte ein Datenpad hervor. Er tippte etwas darauf. Danach scannte er damit Lucys Körper. "Die Brüche sind schon ganz gut verheilt," sagte er zufrieden. "Wann kann ich nach Hause?", wollte Lucy wissen. "Ich denke, dass wir sie nächste Woche schon nach Europa 1 überführen können. Bis dahin müssen sie aber dringend Bettruhe einhalten. Ich gebe Ihnen ein Schlafmittel, um sie ruhig zu stellen" "Nein, warten Sie!"

Doch es war schon zu spät. Doktor Ma hatte ihr bereits mit einem kleinen Injektor eine Dosis verabreicht und augenblicklich wurde es Nacht.

Lucy erwachte erst am Morgen der Abreise wieder. Ihr Vater stand bereits an ihrem Bett.

"Guten Morgen Schlafmütze. Wird aber auch Zeit, gleich geht's los."

"Morgen Papa."

Lucy rieb sich die Augen und verfiel in ein heftiges Gähnen. Sie fühlte sich noch etwas schwach, aber die Schmerzen waren fast erträglich. Anton Strasser ging am Bett entlang und ergriff die Hand seiner Tochter.

"Ach ja", sagte er beiläufig, "das habe ich letzte Woche ganz vergessen Dir zu sagen. Ich habe mit Professor Jules auf Kallisto gesprochen. Er ist zwar nicht unbedingt ein Freund von mir, aber er schuldet mir noch einen Gefallen. Und da habe ich mir gedacht, na ja, da es wohl nicht so ganz einfach zu sein scheint für Dich. Also ich meine jetzt..."

"Papa, red' nicht drum rum! Sag doch einfach was los ist!"

"Oh, ich schweife ab. Ja. Entschuldige. Also, Du kannst einen praktischen Studienplatz auf der Forschungsstation Kallisto haben."

Er wartete Lucys Jubelschrei ab, bis er weiter sprach:

"Du wirst dort die Arbeiten am Drohnenaufklärungsprojekt der Galileieschen Monde unterstützen."

Lucy konnte es noch nicht fassen. Sie würde sich auf die Reise zum Jupiter begeben und dort einen Beitrag zur Erforschung des Gasriesen und seiner Monde leisten.

Wankend wie eine Betrunkene sprang sie auf und fiel

ihrem Vater vor Freude in die Arme. Eine halbe Ewigkeit standen die zwei so da. Lucy lebte. Trotz dieses schweren Absturzes, sie lebte. Da draußen musste sie mehr als einen Schutzengel gehabt haben. Sie spürte Freude, Dankbarkeit aber auch Bestürzung und Reue. Ihre Augen brannten und sie konnte ihre Tränen nicht mehr zurückhalten.

Ein Räuspern riss die beiden aus ihrer Umarmung. Doktor Ma stand in der Tür. "Kommen Sie, der Transporter wartet."

"Danke", entgegnete Lucys Vater.
Beim herausgehen schlug Anton Strasser seinem neu gewonnenen Freund auf die Schulter. "Danke, dass Sie meine Tochter gerettet haben. Wir bleiben in Kontakt." Doktor Ma nickte und begleitete beide zum Mondfahrzeug, das darauf wartete sie nach Europa 1 zu bringen.

Sechs Wochen später befand sich Lucy an Bord der Philomena, einem kleinen Versorgungsschiff, das sie mit zum Jupitermond Kallisto nahm. Ihr Vater hatte leider keine Zeit gehabt, sie zu ihrem Shuttle zu bringen und so war sie alleine von der Mondoberfläche zum LOU-Raumhafen geflogen. Am Gate nach Kallisto hatten Luke und ein paar ihrer Freunde gewartet, um ihr alles Gute für ihren vierwöchigen Flug zu wünschen. Für das lange Jahr im äußeren Sonnensystem hatten sie ihr noch ein paar nicht ganz so nützliche, aber sehr sentimentale Andenken mitgegeben. Der rosa Plüscheinband für ihr Datenpad war der Oberhammer, ein Kitsch, ganz nach Lucys Geschmack. Dazu gab es noch eine Kaffeetasse mit Hologrammprojektion ihrer Freunde, damit sie bei langen Arbeitsschichten nicht so alleine war. Lucy umarmte jeden von ihnen innig. Und um ein Haar hätte sie noch ihren Abflug verpasst. Schweren Herzens trennte sie sich von ihren Freunden und ging durch die Gangway, die sie direkt zum Innern des Versorgungsschiffes brachte.

Sie wusste nicht, wie sie sich fühlen sollte. All die Jahre war sie von dieser unbändigen Sehnsucht geprägt gewesen, hinaus in den Weltraum zu reisen. Nun, da es endlich so weit war, wurde sie unsicher und ein leichter Anflug von Heimweh überkam sie. Noch war die Erde von der Aussichtskuppel am Heck der Philomena mit bloßem Auge zu sehen, aber dennoch spürte sie die ständig anwachsende Distanz zu ihrer Heimat.

Lucy wandte ihren Blick ab und kehrte in ihre Kabine zurück. Sie war der einzige Passagier auf diesem Flug und die Besatzung, die gerade mal aus drei Personen bestand, hatte keine Zeit sich um den Gast zu kümmern. Lucy hatte das Angebot sich für die Dauer des Fluges in einen Kälteschlaf versetzten zu lassen abgelehnt. Sie wollte die Reise nutzen, um sich so gut es ging auf ihre neue Aufgabe vorzubereiten. Der Umgang mit den Drohnen würde schon nicht so schwer sein, dachte sie sich und die Vorfreude darauf, die inneren Monde des Jupiters genau unter die Lupe zu nehmen, erfüllte sie bereits jetzt mit Stolz und dem für Wissenschaftler typischen Wissensdrang. Sie schaltete ihr in rosa Plüsch gehülltes Datenpad ein und versank ganz in ihrer Arbeit.

Lautlos glitt die Philomena dahin und ließ den blauen Planeten einsam zurück.

- Ende? -